K.B067692

tvN

쓸쓸하고 찬란하神

도깨비

포토에세이

쓸쓸하고 찬란하神

# 포토에세이

화앤담픽처스 · 스토리컬처 지음

## Prologue

누구의 인생이건
자신의 운명과 마주하는 순간이 있다.

세상으로부터 멀어져 고립되어 있을 때, 어찌할 수 없는 거대한 흐름에 속절없이 휩쓸려가고 있을 때,
그 순간. 어디선가 쓸쓸하고 찬란한 빛이 스며들어와 당신을 비춘다면, 바로 운명을 마주하는 순간이다.
〈도깨비〉는 우리 고유의 전통설화를 모티브로 강한 의지를 가진 인간에게 비극적인 운명이 주어졌을 때
어떤 선택을 하는가에 대해 이야기하고 있다.

이미 정해진 비극적인 운명, 그걸 알면서도 결말을 향해 나아가는 고단하지만 아름다운 인간의 의지.
생과 사에서 피어나 더욱 애틋하고 절절한 사랑.

봄날 햇살을 닮은 미소 한 번, 첫눈을 닮은 우리의 입맞춤,
그렇게 생과 사로 나아갔던 드라마 〈도깨비〉를 포토에세이로 만난다.


네 명의 운명, 그리고 네 가지 선택
운명의 동거가 시작된다!

전생에도, 현생에도, 신은 내 편이 아니었다. 불멸이라는 낭만적 저주에 걸린 도깨비, 김신
계속 기다려왔어요, 내가 도깨비 신부란 걸 안 뒤부터! '죽었어야 할 운명'의 인간 신부, 지은탁
난 대체 전생에 무슨 죄를 지은 걸까? 불효? 간음? 역모?… 도깨비 집에 세들어 살게 된 기억상실증, 저승사자
뭐야 저 남자? 왜 날 보고 울어…? 게다가 수상하기까지! 철없어 보여도 사랑 앞에선 용감한 여인, 써니

"우리의 간절함이 우리의 운명까지 바꿀 수 있을까?"

# Contents

<u>004</u>   **Prologue**

<u>008</u>   **Highlight**

<u>012</u>   **Part1**  지독하고 낭만적인, 운명

<u>126</u>   **Part2**  쓸쓸하고 찬란한 사랑, 그리고 인연

<u>222</u>   **Part3**  기적, 오직 나의 선택

<u>318</u>   **Behind**

## Highlight

고려의 무신, 김신. 살아남기에 바쁜 생이었다.
생과 사, 피의 강이 흐르는 전장 한가운데서 그는 매일 신을 찾았다.

"우리는… 당신의 아이들이 아닙니까?"

고려의 신도, 이국의 신도, 이들의 절규와 부름에 응답하지 않았다.
그런 지옥, 그곳에서도 살아 돌아왔다.

그러나 질투에 눈멀고 간신의 혀에 미혹된, 어린 왕의 칼날은 그의 심장을 향했다.
하루 중 가장 화창한 오시午時, 그는 주군의 검에 죽었다.

신은 여전히 듣고 있지 않으니….

그 검에 묻은 수많은 이의 피와 한, 강한 염원이 하늘에 닿아 김신, 도깨비로 깨어났다.

그렇게 홀로 900년의 시간을 보낸 그의 앞에, 기구한 사연이 있을 것 같은 기억상실증 저승사자와
자신이 도깨비 신부라 주장하는 '죽었어야 할 운명'의 소녀 은탁이 나타났다.
이 셋은 이때부터 기묘한 동거를 시작하는데….

처음엔 티격태격했지만 점차 알콩달콩 우정을 쌓아가는 저승사자와 도깨비,
자신의 운명을 깨달은 후 서로 조금씩 가까워지는 은탁과 김신,
이들의 관계도 조금씩 변화하기 시작한다.

'도깨비 신부만이 그 검을 뽑으리라. 그리고 무로 돌아가 평안하리라.'

도깨비 신부에 대한 신탁은 꿈에도 모른 채, 도깨비와 위태로운 사랑에 빠져버린 은탁과
그런 은탁을 밀어내면서도 자신도 모르게 자꾸 끌리는, 김신.

"그래 다음에, 오늘은 말고, 오늘은 그냥 너랑 웃고. … 하루만, 하루만 더. 이렇게."

첫눈, 첫키스, 행복하고 따뜻한 기억이 늘어갈수록 김신에게 은탁은 점점 애틋해져 간다.
결국 신탁을 이루는 것을 주저하게 되는데….

그러나 어느새 김신과 우정이 싹튼 저승사자는 은탁에게 도깨비 신부의 신탁을 전하게 되고,
결국 은탁은 스스로 떠나는 선택을 한다.

때마침 도착한 은탁의 명부, 그들이 모르고 있었던 도깨비 신부의 또 다른 운명,
도깨비의 검을 뽑지 않으면 도깨비 신부가 죽는다!

"이 검을 뽑지 않으면 자꾸자꾸 죽음이 닥쳐올 거야. 이렇게."
"신은 아저씨에게도 나한테도 너무 가혹하네요."

한편 자신을 울게 한 여인 써니의 주변을 맴돌던 저승사자는 그 여인이,
김신이 그리도 아끼던 족자 속 누이동생, 고려 왕비 김선의 환생이며
자신은 모두를 죽인, 그 어리석은 왕이었음을 깨닫게 된다.

"어리고 어리석었던 그 얼굴이 결국 나인가."

그리고 그들의 주변을 맴도는 또 다른 존재가 있었다.
그는 바로 900년 전 모두를 파국에 이르게 한 간신, 박중헌의 악령.
강한 악의를 가진 그는 써니와 은탁 주변을 맴돌며 호시탐탐 기회를 노리는데,

그제야 김신은 자신이 900년간 검을 품어온 이유를 깨닫고,
박중헌의 악령이 은탁의 몸에 빙의하려는 순간, 검을 뽑고 그를 처단한다.

그와 함께… 슬픔과 원망, 그리고 분노,
900년간 검과 함께 품어왔던 마음속 불덩이도 재가 되어 흩어졌다.

그는, 무로 돌아가…
평안하리라.

"비로 올게. 첫눈으로 올게. 그것만 할 수 있게 해달라고 신께 빌어볼게.
나도 사랑한다. 그것까지 이미 하였다."

저승사자와 도깨비를 한 집에 살게 한 것은 신의 장난일까? 계획일까?
도깨비 신부의 저주는 신의 배려일까? 벌일까?

운명을 건 인간과 신의 내기,
그리고 그런 운명을 알면서도 겸허히 받아들이고 앞으로 나아가는
당찬 도깨비와 도깨비 신부의 신비롭고 아름다운 낭만 설화!

인간의 간절함은 못 여는 문이 없고 그것이 신의 변수가 되기도 한다.

# Part 1

## 지독하고

## 낭만적인,

## 운명

이들에게 신은 어떤 운명을 선사했을까?

돌고 돌아 현생에서 다시 만난 이들의 운명

그리고 우리의 삶

—

# 도깨비 설화

그 누구에게도 빌지 마라….
신은 듣고 있지 않으니.
하루 중 가장 화창한 오시午時.
그는 자신이 지키던 주군의 칼날에 죽었다.

사람의 손때나 피가 묻은 물건에
염원이 깃들면…
도깨비가 된단다….
숱한 전장에서 수천의 피를 묻힌 검이
제 주인의 피까지 묻혔으니 오죽했을까….

"오직 도깨비 신부만이 그 검을 뽑을 것이다.
검을 뽑으면 무로 돌아가 평안하리라."

그렇게 불멸로 다시 깨어난 도깨비는
이 세상 어디에나 있고
어디에도 없으며 지금도 어딘가….

# 생이
# 걸어
# 온다

생이 나에게로 걸어온다.
죽음이 나에게로 걸어온다.
생生으로 사死로 너는,
지치지도 않고 걸어온다.

그러면 나는
이렇게 말하고야 마는 것이다.

서럽지 않다…
이만하면 되었다…
된 것이다… 하고.

## 그간 편안하였는가

함께 고려를 떠나왔던
어린 손자의 손자의 손자를 묻었다.
이 삶이 상이라 생각한 적도 있었으나,
결국 나의 생은 벌이었다.
그 누구의 죽음도 잊히지 않았다.

그간 편안하였느냐.
자네들도 무고한가.

나는 여태 이렇게 살아 있고,
편안하지 못하였네.

## 망각이라는 배려

정말 다 잊어야 하나요?

망각 또한 신의 배려입니다.

생의 기억을 고스란히 가진 채로
지옥을 살고 있는 이를 한 명 알지.
그 또한 수도 없이 빌었을 거야.
용서해달라고. 그래도 소용없었지.
그는 여전히 지옥 한가운데 서 있으니까.

## 도깨비 신부

이런 질문 이상하게 들릴 거 아는데요, 오해 마시고 들어주셨음 해요.
처음엔 아저씨가 저승사잔가 했어요. 근데 저승사자면 절 보자마자 데려갔을 거예요.
그다음엔 귀신이구나 했어요. 근데 아저씬 그림자가 있었어요.
그래서 생각해봤죠. 대체 저 아저씬 뭘까.

그래서 내가 뭔데.
도깨비요. 아저씨 혹시 도깨비 아니에요?

너 대체 뭐야.
그게, 제 입으로 말하긴 좀 뭐한데, 전 도깨비 신부거든요!

죽음이 오는 시간

저 죽어요? 저 이제 겨우 열아홉 살인데?
아홉 살에도 죽고, 열 살에도 죽어.
그게 죽음이야.

## 긴 기다림

못 한 얘기가 있어서요. 나한테 뭐 보이냐고 묻는 거요.
그게 보이면 어떻게 되는 거예요?

왜 물어. 어차피 안 보이는데.

누가 안 보인대.
일. 그게 보이면 당장 결혼해야 되는 거예요?
이. 그게 보이면 오백 해주는 거예요?
삼. 그게 보이면, 안 떠날 거예요?
너 정말 보여? 증명해봐.
진짜 보이는데….
이 검.

도깨비 신부라는 걸 알게 된 후로
내내 아저씨만을 기다려왔어요.
아주 오래요.

## 운명의 대가

돈은 누가 낼 거야? 누가 내든 상관은 없어.
어차피 둘 다 아주 비싼 값을
치르게 될 테니까.

## 서로에게 의지하며

한 분은 전생을 잊어 괴롭고,
한 분은 전생이 잊히지 않아 괴롭지.
그 두 존재가 서로 의지하시는 거다.

우리야 그저 두 분의 긴 인생 중
잠깐 머물다 갈 뿐이니.

다들 아는 도깨비 하나씩은 있는 거 아냐?

# 누구신데 이토록 사무칩니까

대체 누구신데 이렇게 사무칩니까.

기억은 없고 감정만 있으니까.
그냥 엄청 슬펐어.
가슴이 너무 아팠어.

## 죽어도 싼 죽음은 없어

내 입이 뱉은 말들이
다 다시 나한테 돌아와.
인간의 생사에 관여한 부작용이 너무 크다.
큰사람으로서 못나기가 이를 데가 없다.
이쯤 살았으면 주워 담지 못할 말들은
안 뱉고 살 만도 한데.
죽어도 싼가.

죽어도 싼 죽음은 없어.

## 너의 얼굴인가

신탁이 맞았구나, 내가 본 미래가 맞았구나.

이 아이로 인해 이제 난…
이 불멸의 저주를 끝내고 무無로 돌아갈 수 있겠구나.
인간의 수명 고작 100년…

돌아서 한 번 더 보려는 것이
불멸의 나의 삶인가, 너의 얼굴인가.
아… 너의 얼굴인 것 같다.

서글픈 운명

그 검을 빼면, 아저씨가 없어진다고요?
이 세상에서 아주?

도깨비의 불멸을 끝낼 소멸의 도구.
그게 도깨비 신부의 운명이야.
네가 검을 빼면 그자는 먼지로, 바람으로 흩어질 거야.
이 세상 혹은 다른 세상 어딘가로 영영.

이건 네 잘못이 아니야.

그건 슬픔이었다

분명, 처음 보는 얼굴일 터인데……

익숙한 느낌이 명치끝을 툭 스치며 지나갔다.

그건 슬픔이었다.

## 자꾸만 그립네

저는 저승사자입니다.
안 될 줄 알면서 해피엔딩을 꿈꿨습니다.
하지만 역시, 비극이네요.

기억… 나는 그게 그립네….
이 그리움의 한 발 한 발이 어디로 가 닿을지
너무 두려운데도 나는 자꾸 그게 그립네….

# 답은 그대들이

드디어 도깨비가 도깨비 신부를 만났네?

운명이지.

검이 꽂힌 채 사는 자에게 검을 꽂은 자를 만나게 하면 어떡해?

그 또한 운명이므로.

도대체 무슨 생각이야?

특별히 사랑하여.

그 아이 벌 받은 지 900년이야. 아직도 모자라?

한 생명의 무게란 그런 것이지.

애초에 죄를 만들지 말고 완전무결한 세계를 만들지 그랬어 그럼.

그럼 신을 안 찾으니까.

그만 좀 괴롭혀 그 아이 눈 가린 그 손도 좀 치우고.

서로 알아보게 둬. 어떤 선택을 하든.

신은 여전히 듣고 있지 않으니 투덜대기에,

기억을 지운 신의 뜻이 있겠지 넘겨짚기에,

늘 듣고 있었다. 죽음을 탄원하기에 기회도 줬다.

기억을 지운 적 없다.

스스로 기억을 지우는 선택을 했을 뿐.

신은 그저 질문하는 자일 뿐 운명은 내가 던지는 질문이다.

답은 그대들이 찾아라.

# 살아남기 바쁜 생이었다

살아남기 바쁜 생이었다.

안간힘을 썼으나, 죽음조차 명예롭지 못했다.

내 한 걸음 한 걸음에 죄 없는 목숨들이 생을 잃었다.

내 죄는 용서받지 못했고

지금 나는 벌을 받고 있는 중이다.

이 검이 그 벌이다.

근데, 그게 벌이래도 900년 받았으면

많이 받은 거 아닐까?


아니에요. 벌일 리 없어요.

신이 벌로 그런 능력을 줬을 리가 없어요.

아저씨가 진짜 나쁜 사람이었으면.

도깨비 신부 만나게 해서

그 검을 뽑게 했을 리가 없어요.


그럼 이제, 나 예뻐지게 해주면 안 될까?

## 피할 수 없는

지금부터 내 이야기 잘 들어.
그동안 너한테 숨겼던 이야기야.
너한테 아무것도 숨기지 말랬는데
그래도 숨겼던 이야기야.
근데 더 이상은 숨기면 안 될 것 같아서 말해주려 해.

너는 내 검을 뽑지 않으면 죽어. 그런 운명을 가졌어.
네가 도깨비 신부로 태어나면서부터.
네가 검을 뽑지 않으면 자꾸자꾸 죽음이 닥쳐올 거야. 이렇게.

신은 아저씨한테도 나한테도 너무 가혹하네요.

한
걸음 한
걸음

소중한 추억이셨을 텐데 늦어서 죄송합니다.

괜찮습니다. 늦게 온 데는 늦게 온 이유가 있지 않을까요.
신의 한 걸음 한 걸음엔 그만한 이유가 있다고.
누가… 그랬을까요…?

나는 홀로 남겨졌구나

나의 누이도,
나의 벗도,
나의 신부도 떠났다.
그리고 여전히 난
이렇게 홀로 남겨져 있다.

# Part 2

쓸쓸하고

찬란한 사랑,

그리고 인연

우리는 서로에게 어떤 존재일까?

어떤 인연의 끈이 우리를 묶어놓은 것일까?

—

# 첫눈으로 올게

널 만나 내 생은 상이었다.
비로 올게… 첫눈으로 올게…

그것만 할 수 있게 해달라고…
신께 빌어볼게.

나도 사랑한다.
그것까지 이미 하였다.

# 기도

나의 생이자 나의 사인 너를 내가 좋아한다.
때문에 비밀을 품고 하늘의 허락을 구해본다.
하루라도 더 모르게 그렇게 100년만 모르게…

그렇게 100년을 살아 어느 날,
날이 적당한 어느 날,
첫사랑이었다, 고백할 수 있기를….
하늘에 허락을 구해본다.

## 메밀꽃의 꽃말

너야?
부른 게 아니고요. 그냥 아저씨가
제 눈에 보이는 거예요.
지난번 거리에서 실수로 눈 마주쳐가지고.
아저씨 귀신이잖아요. 제가 귀신을 보거든요.

근데 그 꽃은 뭐예요?
메밀꽃.

그걸 묻는 게 아니잖아요.
줘봐요.
아저씨랑 안 어울려요.
줘도 돼요. 나 오늘 생일이거든요.
아주 우울한 생일.

근데 메밀꽃은 꽃말이 뭘까요?

연인.

## 사랑해요

아저씨, 이런 능력도 있었어요?
여기가 캐나다고 아저씨 능력이 이 정도면,
저 결심했어요. 맘먹었어요 제가.
저 시집갈게요 아저씨한테.
난 암만 생각해도 아저씨가
도깨비 맞는 거 같거든요. 사랑해요.

사랑이 이뤄지는 짧은 순간

잡았어요 지금?
떨어지는 단풍잎을 잡으면
같이 걷던 사람과
사랑이 이루어진단 말이에요!
떨어지는 벚꽃잎 잡으면
첫사랑이 이루어진다, 몰라요?
그거랑 같은 맥락이거든요?

## 끌림

어디로 튈지 모르는 써니 씨의 행동에
드라마만큼 맹목적으로 끌립니다.
써니 씨의 예측 불가한 행동들은
상상력을 발휘해야 하고,
제 서툰 행동들은 하나같이 오답이네요.
요즘 제게 새로 생긴 써니 씨라는
이 취미가 신의 계획 같기도,
신의 실수 같기도, 그렇습니다.

# 첫사랑이었다

질량의 크기는 부피와 비례하지 않는다

제비꽃같이 조그마한 그 계집애가
꽃잎같이 하늘거리는 그 계집애가
지구보다 더 큰 질량으로 나를 끌어당긴다.
순간, 나는
뉴턴의 사과처럼
사정없이 그녀에게로 굴러 떨어졌다
쿵 소리를 내며, 쿵쿵 소리를 내며

심장이
하늘에서 땅까지
아찔한 진자운동을 계속하였다
첫사랑이었다.

- 김인육, 〈사랑의 물리학〉

자꾸 생각나고, 아른거리고

어딨는지 모르겠어.

날 안 불러. 부르지 않으니까 찾을 수가 없어.

전지전능까진 아니더라도 못할 게 없었는데,

그 아이 하날 못 찾겠어.

내가 가진 게 다 아무짝에도 쓸모가 없어.


그럼 그 전엔 어떻게 했는데.

찾았지. 매번 이렇게.

# 비가 오면

또야? 지겹다 진짜. 비 오는 인생.

내가 우울해서 그래.
뭐가요?
비.
곧 그칠 거야.

아저씨가 우울하면 비가 와요?
어.

큰일 났다. 이제 비 올 때마다
아저씨 우울한가 보다 싶을 거니까요.
사고무탁하기도 벅찬데 아저씨 걱정까지 늘어서.

안 추워? 왜 이러고 있어.
불행해서요. 이젠 그냥 감기 같아요.
뭐가.
내 불행들이요. 잊을 만하면 찾아오고
때 되면 걸리거든요.

## 슬픔이야, 사랑이야?

천년만년 가는 슬픔이 어딨겠어.
천년만년 가는 사랑이 어딨고.
난 있다에 한 표.
어느 쪽에 걸 건데? 슬픔이야, 사랑이야.
슬픈… 사랑?

# 모든 순간이 눈부셨다

세상에서 제일 빠른 첫눈을 맞고 있어요. 우리.
근데 이거 아저씨죠.
첫눈 오는 날 뽑는다는 거 그거죠.
마지막으로 남기실 말은?

너와 함께한 시간 모두 눈부셨다.
날이 좋아서,
날이 좋지 않아서,
날이 적당해서,
모든 날이 좋았다.

그리고 무슨 일이 벌어져도 네 잘못이 아니다.

## 오늘 말고 내일

내일.
오늘 날이 너무 안 좋잖아.
이따 너 데리러 가야지.

오늘 싫어. 내일.
오늘은 날이 너무 좋잖아.
산책할 거야 너랑.
그냥, 하루만 더.

근데요. 머리는 그렇게 꾹꾹 누르는 게 아니라 이렇게 쓰담쓰담 하는 거거든요.

널 좋아하는 나는

정말 마음에 안 든다. 널 좋아하는 나는.

이렇게 멍청이일 수가 없다.

지금 뭐하신 거예요. 나한테.

못 들었음 말고.

다 들었는데.

그럼 좋고.

아니. 그니까 좀 전에 아저씨가 나한테 고백을….

# 허락 같은 이유

이제 다 아는데,
내가 도깨비의 불멸을 끝낼 소멸의 도구라는 걸.

말할 기회를 놓쳤고, 기회를 놓쳐서 좋았고.
가능하면 죽는 그 순간까지, 모든 기회를 놓칠 참이었어.
이 핑계라도 생겨서 반갑더라.
이렇게라도 너 보러 와도 되는 핑계.

그래서 나 사랑하긴 했어요?
아니에요? 그것조차 안 했어요?

무서워. 너무 무섭다.
그래서 네가 계속 필요하다고 하면 좋겠어.
그것까지 하라고 했으면 좋겠어.
그런 허락 같은 핑계가 생겼으면 좋겠어.
그 핑계로 내가 계속 살아 있었음 좋겠어.
너와 같이.

당신만은 해피엔딩이길

제가 누구일지 몰라 두려운 마음으로 물러섭니다.

모든 게 오답인 제가, 제발 이건 정답이길 바랍니다.

살아 있지 않은 저에겐 이름이 없습니다.

그런 제게 안부… 물어줘서 고마웠어요.

저승사자의 키스는 전생을 기억나게 합니다.

당신의 전생에 내가 무엇이었을지 두렵습니다.

하지만, 좋은 기억만 기억하길…

슬프고 힘들었던 것조차

당신이 있는 모든 순간이…
슬프고 힘들었던 것조차 다,
그조차도 나는 다 좋았네요.
매일이 사무치게 그리워서. 어리석어서.
진짜 헤어져요, 우리. 이번 생에는 안 반할래.
내가 당신에게 줄 수 있는 벌이 이것밖에 없어.
굿바이, 폐하.

예
뻐
요

나 이제
아저씨 검 못 빼줘요.
내 눈엔
지금도 엄청 예뻐요.

네가 머물던 모든 걸음

뭐하세요?
마중 나왔지.
어디서부터?
네가 걸어온 모든 걸음을 같이 걸었지.
말 예쁘게 하는 거 봐.

전생, 대체 뭘까요.
그저 지나간 생이지.
나도 내가 기억하지 못하는 순간에,
김신 씨 인생에 잠깐 머물다 갔을까요?

## 너는 여전히 예쁘구나

내가 본 미래가 맞았구나.
넌 기어이 대표님이란 자식을 만났구나.
웃음을 감출 수 없으니 퍽 난감하군.

여기도 혹시 첫사랑과 함께 오셨나요?
디게 비싼 거 먹이셨네요.

그런데 아무 소용없더라고요.
다 까먹고.
그런데, 여전히 예뻐요.

# 어디에 있어요?

보고 싶어요. 어디 있어? 보고 싶어.

## 그 모든 첫사랑이 너였어

그래서 하는 말인데,
오늘 날이 좀 적당해서 하는 말인데,
네가 계속 눈부셔서 하는 말인데,
그 모든 첫사랑이 너였어서 하는 말인데,
또 날이 적당한 어느 날,
이 고려 남자의 신부가 되어줄래?

# 찾았다, 슬픈 사랑

찾았다, 슬픈 사랑.

내 처음이자 마지막,
도깨비 신부.

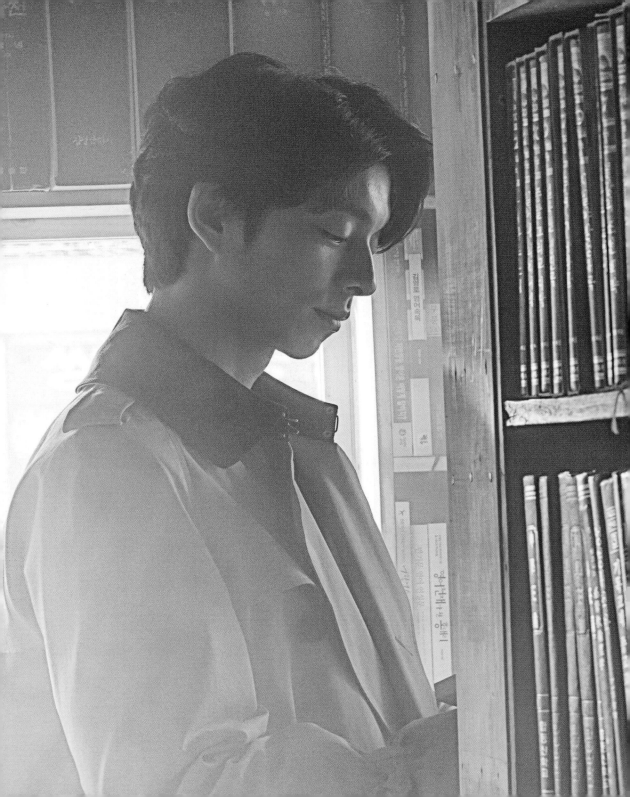

## Part 3

# 기적,

# 오직

# 나의 선택

인생의 어떤 순간,

신에게 간절히 기도해본 적 있나요?

—

신은 때론 네가 핍박한 자들 사이에 숨어 있는 법.

## 신이 있다면 제발

생사를 오가는 순간이 오면 염원을 담아 간절히 빌어.
혹여 마음 약한 어느 신이 듣고 있을지도 모르니.

신이 있다면 제발… 저 좀 살려주세요….
아무나라도 제발요….

그대는 운이 좋았다. 마음 약한 신을 만났으니.
오늘 밤은 누가 죽는 것을 보는 것이, 싫어서 말이다.

## 너의 선택만이

오랜만이야.
하나도 안 늙으셨네요.
17번 문제 답 4라고 알려줬는데
2 그대로 적었더라?
전 아무리 풀어도 2더라고요.
답을 알아도 여전히요.
그래서 차마 못 적었어요.
그건 제가 못 푸는 문제였거든요.

아니. 넌 아주 잘 풀었다.
너의 삶은 너의 선택만이 정답이다.

아. 그런 문제였구나.

변호사 됐던데?
어려운 사람들도 많이 돕고.
그때 주신 샌드위치 값 갚고 싶어서요.
그리고 전 다른 선택이 없었어요.
계신 걸 알아버려서.
보통 사람은 기적의 순간을
잊지 못하거든요.

알지. 나는 수천의 사람들에게
샌드위치를 건넸다.
허나 그대처럼 나아가는 이는 드물다.
보통의 사람은 그 기적의 순간에 멈춰 서서
한 번 더 도와달라고 하지.
당신이 있는 걸 다 안다고.
마치 기적을 맡겨놓은 것처럼.
그대의 삶은 그대 스스로 바꾼 것이다.
그러한 이유로 그대의 삶을 항상 응원했다.

그러실 줄 알았어요.
저는 이제 어디로 가게 되나요.
들어온 문으로 나가면 된다.
저승은 유턴이다.

# 이번 삶은 벌이었다

이국의 땅에도 전쟁이 끊이지 않는다.
칼로 활로 땅을 빼앗고, 곡식을 빼앗고, 생을 빼앗는다.
이국의 신도 고려의 신도 다 한통속이다.
함께 고려를 떠나왔던 어린 손자의 손자의 손자를 묻었다.
나는 작은방 구석에 놓여 있는 의자에서 몇 날 며칠을 보냈다.

나의 유서는 죽음을 앞두고 남기는 말이 아니다.
신이여, 나의 유서는 죽음을 달라는 탄원서이다.

이 삶이 상이라 생각한 적도 있으나,
결국 나의 생은 벌이었다.

그 누구의 죽음도 잊히지 않았다.
그리하여 나는 이 생을 끝내려 한다.

허나, 신은 여전히 듣고 있지 않으니….

운명이 문안으로

누가 들어올 줄 알았나⋯
한번도 들어온 적 없던 내 문안으로⋯

# 신의 뜻이 있겠지

넌 신을 본 적이 있어?

난 본 적 있는데,
어떻게 생겼는데?
그냥… 나비였어.

꼭 그런 식이지.
지나가는 나비 한 마리 함부로 못 하게.
얼굴이라도 보여주면
원망이라도 구체적으로 할 텐데.

신이 정말 견딜 수 있는 만큼의
시련만 주는 거라면,
나를 너무 과대평가한 건 아닌가 싶다.

인간들은 그렇게 잘도 보는 신을,
우리는 어떻게 한 번을 못 본다.

모든 것엔 신의 뜻이 있겠지…
짐작할 뿐.

## 내가 선택한 처음이자 마지막 신부

나, 몇 번째 신부예요?

처음이자 마지막.

처음은 그렇다 쳐요, 마지막인지는 어떻게 아는데요?

내가 그렇게 정했으니까.

# 어떤 문을 열더라도

아저씨, 그냥 우리 같이 죽어요. 그게 좋겠어요.
한날한시에. 누구 하나 혼자 남지 않게.
누구 하나 맘 아프지 않게.

나 봐. 너 안 죽어. 안 죽게 할 거야.
내가 막을 거야. 내가 다 막을 거야.
미안해. 이런 운명에 끼어들게 해서.
하지만 우린 이걸 통과해 가야 해.
어떤 문을 열게 될지 모르겠지만,
네 손 절대 안 놓을게. 약속할게.
그러니까 나 믿어.

난 네가 생각하는 것보다 큰사람일지도 모르니.

## 쓸쓸하고 찬란한

도깨비 씨 너무 쓸쓸한 수호신인 거 같아서,
사람들은 모를 텐데…
구해달란 말에 답해준 게 아저씨인 거.
난 그게 새삼 너무 기적 같고 좋아요.

그
게
삶
이
라
는
거
니
까

다 잘 알아들었어요.
그치만 이렇게 계속 집에만 갇혀서 살 순 없어요.
이 집에 갇혀서 덜덜 떨면서 오래 살면
그건 사는 게 아니니까.
내일 죽더라도 저는 오늘을 살아야죠.
알바를 가고, 대학입학을 하고,
늘 걷던 길을 걷고, 그렇게 집으로 돌아오고요.
그게 삶이라는 거니까.
그러니까 아저씨는 죽어라 절 지켜요.
전 죽어라 안 죽어볼라니까.

## 이상하고 아름다운 어떤 일

어떻게 그때부터 너를 보았을까.
머물다 갔네. 너도 모르던 순간에.

언제요? 아까 교실에서요?
아니, 훨씬 더 멀리서.
있어. 이상하고 아름다운 어떤 일.

결
코

달
지

않
을

것
이
다

네 죄를 모두 인정하는가.

인정합니다. 달게 받겠습니다.

결코 달지 않을 것이다.
저승사자는 생에 큰 죄를 지은 자들로
기백년의 지옥을 거치며 스스로 기억을 지우는 선택을 한 자들이다.
허니 다시 너의 죄와 대면하라.

## 살아남지 못한 죄

그래, 너라니까. 네가 다 죽였어.
죽이다 죽이다 너는 너까지 죽였어.
너는 네 여인도, 네 충신도, 네 고려도,
너조차도 단 하나도 지키지 못했어.
선이가, 그 어린 내 누이가 목숨으로 지킨 너였어.
넌 살았어야 했어.
끝까지 살아남아서 내 칼에 죽었어야 했어.

# 그 아이의 웃음에

하루 중 가장 화창한 오시의 햇빛에
생이 부서지던 순간이 떠오른 그때, 나는 결심했다.
나는 사라져야겠다….
예쁘게 웃는 너를 위해, 내가 해야 하는 선택.
이 생을 끝내는 것….
더 살고 싶어지기 전에, 더 행복해지기 전에…
너를 위해 내가 해야 하는 선택, 이 생을 끝내는 것.

## 사랑의 역사

한 세계가 닫힌 건데, 우리 말고 누구 하나쯤은
그 모든 사랑의 역사를 기억해야 할 것 같아서.
근데 난 꼭 닫힌 세계를 열 문을 발견한 것 같지? 내가 덜 닫았나?

## 찬란한 허무

이제 알겠습니다. 제가 어떤 선택을 하는지.
이곳에 남겠습니다. 이곳에 남아서 비로 가겠습니다.
바람으로 가겠습니다. 첫눈으로 가겠습니다.
그거 하나만 하늘의 허락을 구합니다.

너의 생에 항상 함께였다. 허나 이제 이곳엔 나도 없다.

그렇게 홀로 남은 도깨비는 저승과 이승 사이,
빛과 어둠 사이, 신조차 떠난 그곳에 영원불멸 갇히고 말았지.
기억은 곧 잊히고 찬란한 허무만 남겠지.
그 허무 속을 걷고 또 걷겠지.
그 허무 속을 걷고 걸어 어디에 닿으려나.

## 누구를 잊은 걸까

무엇을 잊은 걸까요. 누구를… 잊은 걸까요?
어떤 얼굴을 잊고, 무슨 약속을 잊어,
이렇게 깊이 모를 슬픔으로 남은 걸까요.
누가 저 좀, 아무나 제발 저 좀 살려주세요.

누구세요?
을이다.

꿈을 이룬 것이냐.
평안하면 되었다. 그럼 되었다.

## 이상한 하루

나 오늘 진짜 이상하다. 어떻게 여기서 마주쳐요? 혹시 저 따라오신 거예요?
그렇다면… 잡혀갈까요? 저 나쁜 사람 아닙니다.
같이 다니다 보면 알지 않겠어요?

가봅시다! 저쪽으로!

그 사람이랑 행복하게 잘 살고 있나요?

## 그걸로 되었다

결국 넌 그 길을 가는구나. 웃고 있으니 그럼 되었다.
지금은 아니라도 결국 웃으니 되었다.

우리 알바생 행복하게 해주세요.
오라버니. 이 못난 누이도 행복해질게요.

## 부디, 잘 가요

내 인생은 셀프고 내 인생이고
내 기억인데 물어보지도 않고 왜 지 맘대로 배려야?
내 인생은 내가 알아서 할 테니간
그 작자는 제발 꺼져줬음 좋겠다.

나의 망각이 나의 평안이라고 생각한 당신에게.
눈 마주친 순간 알았죠.
당신도 모든 기억을 간직하고 있다는 걸.
때문에 이 생에서 우린 각자의 해피엔딩 속에서
이 비극을 모른 척해야 한다는 걸.
부디 다음 생에서 우린
기다림은 짧고 만남은 긴 인연으로
핑계 없이도 만날 수 있는 얼굴로
이 세상 단 하나뿐인 간절한 이름으로
우연히 마주치면 달려가 인사하는 사이로
언제나 정답인 사랑으로 그렇게 만나지길 빌어요.
얼굴 봤으니 됐어요.
어쩌면 김우빈, 어쩌면 왕여인 당신.
부디 오래오래 잘 가요.

## 간절하게

인간의 간절함은 못 여는 문이 없구나.
그게 인간의 의지란 거다. 스스로 운명을 바꾸는 힘.

인간의 간절함은 못 여는 문이 없고,
때론 그 열린 문 하나가 신에게 변수가 되는 게 아닐까?
그래서 찾아보려고, 간절하게.
어떤 문을 열어야 신에게 변수가 될 수 있는지.

## 찰나의 순간

누구의 인생이건 신이 머물다 가는 순간이 있다.
당신이 세상에서 멀어지고 있을 때
누군가 세상 쪽으로 등을 떠밀어주었다면
그건 신이 당신 곁에 머물다 가는 순간이다.

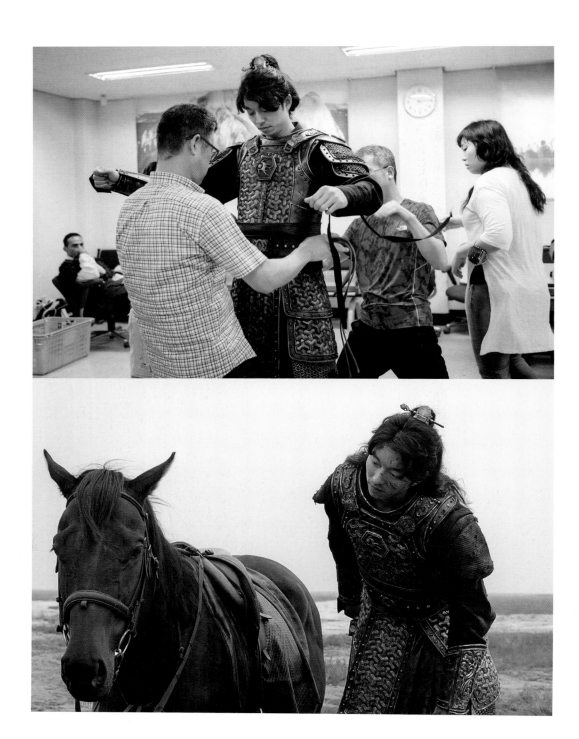

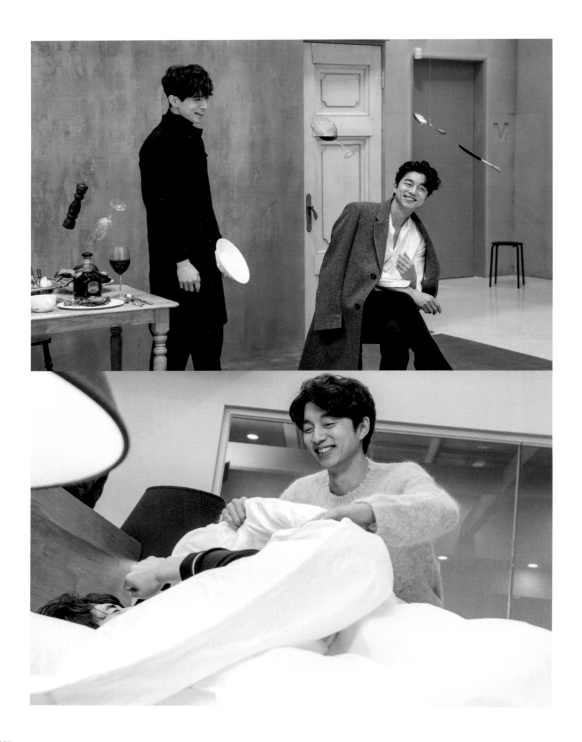

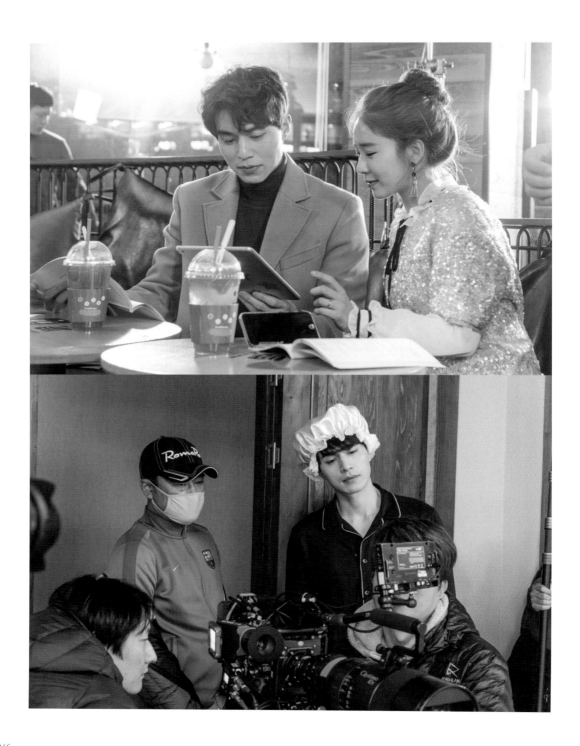

353

# Staff

**제작** 윤하림
**극본** 김은숙 **연출** 이응복 권혁찬 윤종호
**출연** 공유 김고은 이동욱 유인나 육성재 이엘 조우진 김병철 외

기획이사 백혜주 | 제작총괄 김범래 | 제작프로듀서 주경하 | 제작관리 윤지원 이빛나 | 마케팅 이윤아 양수지 | 라인프로듀서 민영빈 | 프로듀서 김지연 박은경 | 촬영 박성용 강윤순 | 조명 손영규 조대연 | 동시 성경환 양준호 | 장비팀 오재득 김선환 | 미술제작 [KBS아트비전] 이철웅 | 미술감독 김소연 | 디자인 김소연 | 세트제작 [(주)아트인] 송종태 | 대도구진행 장수창 유병길 | 조경 [미스김라일락] | 소도구 [지니어스] 이이진 주동만 | 미용분장 [메이크업스토리] 최경희 최상미 | 의상 [(주)예종아트] 김정원 | 편집 이상록 전미숙 | 무술감독 정진근 | 무술지도 김선웅 | 데이터 [알고리즘미디어랩] | Technical Supervisor 조희대 | 메이킹 장성훈 | 홍보 [3HW Communications] | 포스터디자인 [VOTT] | 특수분장 [MAGE] | 음악감독 남혜승 | 음악효과 고성필 | 사운드믹싱 [STUDIO 26miles] 오승훈 | 사운드디자인 [Studio SH] | OST프로듀서 마주희 문성빈 김정하 임예람 | 특수영상 [Digital idea] 이용섭 손승현 박성진 양영진 최우정 박다빛나 [Realade] [D4cus] [AWESOMEBOYZ] | 종편/색보정 이동환 | 자막디렉터 김현민 | 자막 김민경 | 보조출연 서인철 | 모델에이전시 [라온S엔터테인먼트] | 캐스팅 [소년소녀캐스팅] 안세실리아 | 외국인캐스팅 노서윤 | 아역캐스팅 [티아이] | 특수효과 윤대원 [PERFECT] | 해외로케이션 [DNS Company] | 퀘백현지프로덕션 [ATTRACTION IMAGES PRODUCTIONS VIII INC.] | 섭외 강예성 | SCR 박소현 신은혜 | FD 임명근 김상철 박광수 김기태 김다훈 최남현 서은수 | 조연출 정지현 김성진 | 보조작가 박민숙 임메아리 정은비
**포토** 박지선 신선영

• 〈사랑의 물리학〉 게재를 허락해주신 김인육 시인께 감사드립니다.

포토에세이

**1판 1쇄 발행** 2017년 2월 10일
**1판 7쇄 발행** 2023년 5월 22일

**지은이** 화앤담픽쳐스·스토리컬처

**발행인** 양원석
**펴낸 곳** ㈜알에이치코리아
**주소** 서울시 금천구 가산디지털2로 53, 20층(가산동, 한라시그마밸리)
**편집문의** 02-6443-8842 **도서문의** 02-6443-8800
**홈페이지** http://rhk.co.kr
**등록** 2004년 1월 15일 제2-3726호
**ISBN** 978-89-255-6090-8  03810

※ 이 책은 ㈜알에이치코리아가 저작권자와의 계약에 따라 발행한 것이므로
   본사의 서면 허락 없이는 어떠한 형태나 수단으로도 이 책의 내용을 이용하지 못합니다.
※ 잘못된 책은 구입하신 서점에서 바꾸어 드립니다.
※ 책값은 뒤표지에 있습니다.

너의 삶은 너의 선택만이 정답이다.